Queridos amigos roedores,
bienvenidos al mundo de

Geronimo Stilton

LA REDACCIÓN DE «EL ECO DEL ROEDOR»

1. Clarinda Tranchete
2. Dulcita Porciones
3. Ratonisa Rodorete
4. Soja Ratonucho
5. Quesita de la Sierra
6. Choco Ratina
7. Rati Ratónez
8. Ratonita Papafrita
9. Pina Ratonel
10. Torcuato Revoltoso
11. Val Kashmir
12. Trampita Stilton
13. Doli Pistones
14. Zapinia Zapeo
15. Merenguita Gingermouse
16. Pequeño Tao
17. Baby Tao
18. Gogo Go
19. Ratibeto de Bufandis
20. Tea Stilton
21. Erratonila Total
22. Geronimo Stilton
23. Pinky Pick
24. Yaya Kashmir
25. Ratina Cha Cha
26. Benjamín Stilton
27. Ratonauta Ratonítez
28. Ratola Ratonítez
29. Ratonila Von Draken
30. Tina Kashmir
31. Blasco Tabasco
32. Tofina Sakarina
33. Ratino Rateras
34. Larry Keys
35. Mac Mouse

GERONIMO STILTON
RATÓN INTELECTUAL,
DIRECTOR DE *EL ECO DEL ROEDOR*

TEA STILTON
AVENTURERA Y DECIDIDA,
ENVIADA ESPECIAL DE *EL ECO DEL ROEDO*

TRAMPITA STILTON
TRAVIESO Y BURLÓN,
PRIMO DE GERONIMO

BENJAMÍN STILTON
SIMPÁTICO Y AFECTUOSO,
SOBRINO DE GERONIMO

Geronimo Stilton

LA SONRISA DE MONA RATISA

Obra editada en colaboración con Editorial Planeta – España

Título original: *Il sorriso di Monna Topisa*
Traducción: Manuel Manzano

Textos de Geronimo Stilton
Ilustraciones de Matt Wolf revisadas por Larry Keys
Diseño gráfico de Merenguita Gingermouse
Portada de Matt Wolf revisada por Larry Keys

© 2000, Edizioni Piemme, S.p.A., via del Carmine 5 – 15033 Casale Monferrato (AL) – Italia
www.geronimostilton.com
© 2004 de la edición en lengua española: Editorial Planeta, S.A. – Barcelona, España

© 2010, Editorial Planeta Mexicana, S.A. de C.V.
Bajo el sello editorial DESTINO M.R.
Avenida Presidente Masarik núm. 111, 2o. piso
Colonia Chapultepec Morales
C.P. 11570 México, D.F.
www.editorialplaneta.com.mx

Primera edición impresa en España: abril de 2004
ISBN: 84-08-05172-5

Primera edición impresa en México: marzo de 2010
ISBN: 978-607-07-0356-0

Impreso en los talleres de Litográfica Ingramex, S.A. de C.V.
Centeno núm. 162, colonia Granjas Esmeralda, México, D.F.

Impreso en México – *Printed in Mexico*

Lo admito, no soy un ratón valiente

Aquella tarde, volviendo a casa, me di cuenta de repente de que **ALGO NO ANDABA BIEN.**

¿Por qué estaba entreabierta la puerta? ¿Y por qué estaba encendida la luz del primer piso?

Sobrecogido como un ratoncillo, **avancé** sigiloso a lo largo del oscuro pasillo.

Al llegar a la cocina asomé el hocico con cautela. El refrigerador estaba abierto... ¿Y si habían entrado ladrones en la casa?

Me estremecíii...

Lo confieso: no soy un tipo demasiado valiente.

Basta una película de terror para horrorizarme.

¡Basta una película de TERROR para horrorizarme! Y como si de una película se tratara, de improviso se proyectó contra la pared una **sombra** en movimiento. Alguien canturreaba, produciendo extraños gorgoritos, como si masticara con la boca abierta y con todos los dientes.

¿Qué hacer? Retrocedí lentamente hacia la puerta con la idea de salir a pedir ayuda. Pero justo entonces el muy bribón se dirigió hacia mí. Y yo me escondí tras una cortina.

¡MIS CORTEZAS DE QUESO MEDIEVALES!

Una pata mugrosa agarró la cortina…

Me encontré frente al hocico de mi primo Trampita.

—¡Holaaaa! —me gritó en la oreja—. ¿Contento de verme, primito?

Yo boqueaba del *SUSTO*.

—Tú… tú… tú… ¿cómo te permites entrar en mi casa?

—Uy, ¡cómo te pones! Pasaba por aquí, he visto que había una ventana entreabierta y me he dicho: ¿por qué no darle una sorpresa al buen Geronimo?

¿SORPRESA?   ¿Sabes que casi me provocas un infarto?

—Bueno, bueno, pero ¡qué aburrido eres! Sin embargo, ¿sabes que tus cortezas de queso medievales están de rechupete? ¡Qué gran placer! —exclamó mientras se limpiaba el hocico con mi cortina bordada.

—¡DETENTE! —grité—. ¡Esa cortina es antiquísima!

—No te preocupes, aunque sea vieja sirve igual. Me conformo con poco —rió Trampita. Entonces, antes de que pudiera frenarlo, se sentó en una sillita de época que me había costado una verdadera fortuna.

—¡NOOO! —grité.

Demasiado tarde.

Trampita acabó en el suelo. Y en la caída arrastró también la vitrina con mi colección de

¡SLURP!

cortezas de queso antiguas.

—¡Mi silla! ¡Mis cortezas medievales! —grité yo, tirándome de los bigotes desesperadamente.

Él mordió un gigantesco pedazo de corteza de gruyere y dijo:

—¿Sabes por qué estoy aquí?

—¡No quiero saber**loo**! —grité—. **¡FUERA DE AQUÍ!** ¡Y mastica con la boca cerrada, por favor!

—*Tsch, tsch, tsch,* ¿sabes que eres muy aburrido? Te fijas demasiado en los detalles. Bueno… de todos modos, te cuento las novedades —prosiguió. Me guiñó un ojo y continuó en tono conspirador—: Tengo una historia fenomenal para esa cosa tuya… sí, hombre sí, para tu… imprenta…

—¡Mi editorial, querrás decir!

Se puso a murmurar algo, bajando la voz:

—Eso mismo, exacto. ¿Te interesa una historia sensacional para publicar en tu periódico, en *El Eco del Roedor*? ¿Una exclusiva que dejará a todo el mundo con los hocicos abiertos y con los bigotes RIZADOS? Sólo te digo que tiene que ver con el cuadro más famoso de Ratonia:

La Mona Ratisa...

ME LLAMO STILTON, GERONIMO STILTON

De inmediato intuí que la historia de Mona Ratisa era algo especial, una *historia de bigotes*.

Y yo de historias entiendo: dirijo un periódico, *¡El Eco del Roedor!*

Ah, claro, aún no me he presentado: me llamo Stilton, *Geronimo Stilton*.

Le di cita a mi primo: a las ocho en punto de la mañana siguiente en la redacción.

Trampita entró en mi despacho sin llamar (como de costumbre), apoyó las patas sobre mi escritorio (como de costumbre) y chilló a voz en grito (como de costumbre):

—¡Te propongo un negocio!

Noté **disgustado** que (como de costumbre)

estaba royendo algo. Esta vez era un sándwich de cinco pisos: *gruyere, roquefort, gorgonzola, emental y queso a las finas hierbas*, con parmesano rallado encima.

De repente masculló:

—Descubrimos qué hay tras la historia de Mona Ratisa y después repartimos a partes iguales: es decir, ¡el *70* por ciento para mí y el *30* por ciento para ti!

—¿Y a esto lo llamas repartir a partes iguales? —rebatí indignado.

Mi primo exclamó:

—¡Cómo te apegas al dinero! Bueno, anda, entonces… y sólo porque soy súper bueno, ¡*60* por ciento para mí y *40* por ciento para ti!

Oí el estruendo de una moto: pocos segundos después se abrió la puerta y entró mi hermana Tea, enviada especial de *El Eco del Roedor*.

Con aire pícaro, Tea gritó:

—He oído de qué estaban hablando. Les diré cómo tienen que repartirlo: ¡*33.3* por ciento por cabeza! ¡Yo sé algo que ustedes no saben sobre Mona Ratisa!

…wrooooOm

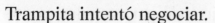
Trampita intentó negociar.

—*HUMMM*, bien, el 33.3 por ciento, pero yo tengo los derechos para televisión y además...

Mi hermana sonrió con dulzura, sacudiendo la cabeza. Después murmuró con *voz aflautada:*

—De eso nada, primito, no te conviene hacerte el listo conmigo.

Trampita suspiró:

—Sólo porque soy todo un señor ratón, ¡un verdadero caballero! Choca esos cinco, primita.

En aquel instante una voz exclamó:

—¡YO TAMBIÉN QUIERO IR CON USTEDES!

Benjamín, mi sobrinito de nueve años, me jalaba de la manga del saco.

—¡Demasiado tarde, querido! ¡Ya no se divide entre nadie más! —respondió Trampita con rapidez.

Benjamín, indignado, lo miró fijamente.

—El dinero lo dejo todo para ustedes, no me interesa. Pero te lo ruego, tío Geronimo, ¡déjame ir contigo, quiero estar cerca de ti!

Sus palabras me CONMOVIERON.

—De acuerdo, trocito de queso mío, te llevaré conmigo. *Te lo prometo* —murmuré acariciándole las orejitas con ternura.

¡Benjamín es mi sobrino preferido!

¡Benjamín es mi sobrino preferido!

La Taberna del Buscapleitos

Mi primo susurró:

—¿Te acuerdas de aquel amigo mío con el que juego al millón? Sí, hombre, aquél que tiene una cicatriz en la cola, con una venda negra que le tapa un ojo, que cojea y al que le falta el meñique de la pata derecha. **Ratolín Pillastre, Garras** para los amigos. ¡Seguro que lo conoces, Geronimo! Quizá no lo recuerdas.

—No —rebatí—, si me lo hubieras presentado, ¡me acordaría de un tipo así!

Trampita continuó:

—Pues yo estaba el domingo pasado en la Taberna del Buscapleitos jugando al millón… ¿Has estado alguna vez, Geronimo?

—¡No suelo frecuentar lugares de esas características!

La Taberna de Buscapleitos es un lugar divertidísimo

—No sabes lo que te pierdes. Es un lugar divertidísimo, cada tarde pasa algo. Ayer, por ejemplo, se sonaron a palos un maestro de karate y un campeón de billar: fue una buena pelea, sí señor. El maestro de karate era **FORTÍSIMO**, pero el otro empezó a darle con el palo de billar en la cola hasta que...

—¿Y qué? ¡Acaba ya! —se impacientó Tea.

—Bueno, pues en la taberna me encontré con Pillastre. ¿Saben qué me contó? Un secreto... —susurró—. La hermana de la prima del vecino de casa del cuñado de su portera se enteró por el mozo del museo de que están examinando la Mona Ratisa en el laboratorio con **RAYOS X**. ¿Y saben por qué? Porque parece que hay algo debajo, algo grande...

Un nuevo novio
para Tea

Entonces le tocó el turno a Tea.

—¿Se acuerdan de mi último novio? Aquel ratón de **ojos azules** y pelaje rubio, que habla con una *erre* un poco peculiar…

—¿Quién? —pregunté yo—. ¿Aquél que vive en un castillo, que dice que desciende de…?

—No, hombre, no, para nada —cortó rápidamente mi hermana—. Con aquél acabé pronto.

—Entonces será aquél otro, ese que tiene una fábrica de cajas de quesitos.

—No, tampoco. ¡Ése ya es prehistoria, paleontología! ¡Al de los quesitos lo planté hace al menos seis meses! —dijo Tea impacientándose.

—En fin, mi *último* novio se llama Frick Tapioca: es el experto en arte del museo y me ha revelado un secreto. Durante una restauración de la Mona Ratisa, Frick se dio cuenta de que el cuadro escondía otra pintura. ¡Ahora lo está examinando con **RAYOS X!**

No debes pasar
en rojo

Tea fue por su auto deportivo **amarillo** y nos cargó a todos dentro. En nueve minutos exactos llegábamos al museo.

—¡Nueve minutos desde la redacción hasta el museo! —exclamó Tea satisfecha—. ¡Mi nuevo récord! —gritó, pulsando su cronómetro de pulsera.

Yo estaba casi llorando.

—¡Sufriré un infarto, lo noto! ¡Otra carrera como esta y soy ratón muerto! ¡No debes pasar en **ROJO**, no debes, es una temeridad! ¡Aquel camión que nos ha pasado tan cerca casi se lleva mi cola!

En cambio, Trampita la felicitó a su manera:

—No está mal, nada mal, ratoncita. Aunque yo lo hubiera hecho mejor. ¡Apuesto a que lo hubiera conseguido en ocho minutos y medio!

Tea metió de nuevo la llave en el arranque.

—¡Acepto la apuesta! ¡Volvemos atrás!

—**¡DEJEN QUE ME BAJE!** —grité yo. Entonces, con las patas temblando, abrí la puerta—. **De algo estoy seguro: nunca más me meto con ustedes en un coche** —balbucí—. *¡Le tengo aprecio a mi pellejo!*

SI MONA RATISA
PUDIERA HABLAR

El museo era **INMENSO**.
En la planta baja estaban expuestos sarcófagos, momias, fragmentos de ánforas. En la primera planta, las pinturas de las colecciones antiguas, desde el *año 1000 al 1700*. En el segundo piso, la nueva galería de arte moderno. Finalmente, en la tercera planta, las oficinas y el laboratorio del museo. Subimos la escalinata de mármol hasta el primer piso. Mientras, le conté a Benjamín la historia de

El museo era inmenso.

Mona Ratisa. Fue pintada en 1504 por un gran pintor y científico, **Ratonardo da Vinci**. La sonrisa de Mona Ratisa es dulce y a la vez misteriosa, como si ella conociera un secreto que aún debemos descubrir.

Benjamín suspiró.

—¡Quién sabe qué diría Mona Ratisa si pudiera hablar! —Después añadió—: Quizá sonríe porque sabe que hay una pintura escondida… Subimos a la planta superior: la galería de arte moderno era completamente de acero y cristal.

—El arte moderno es otra cosa, ¿eh? Algo distinto de los vejestorios que te gustan a ti —murmuró mi hermana guiñándome un ojo.

Ofendido, fingí no haberla

oído. En aquel momento llegó un ratón vestido de **negro**, con aire de intelectual y con las gafas colocadas en la punta del hocico: era el famoso crítico de arte Cromático Cromo. Me pareció antipático de inmediato.

—¡QUE-RI-DÍ-SI-MA! —exclamó él precipitándose hacia Tea.

—¡QUE-RI-DÍ-SI-MO! —exclamó ella como respuesta.

Los dos empezaron a platicar animadamente.

—¡Oh, cuánta palabrería! —refunfuñó Trampita chupando ruidosamente un cucurucho de helado de gorgonzola triple con parmesa-

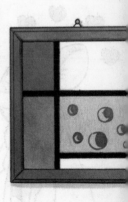

no rallado por encima—. Estamos aquí para trabajar, no para estar de chismosos —masculló con la boca llena, relamiéndose los bigotes. Nos dirigimos hacia el laboratorio del museo. Entonces nos vino al encuentro un ratón de aspecto *tímido* pero **simpático**. Era Frick Tapioca, el novio de mi hermana.

—¡Tea! —farfulló con el rostro iluminado—. ¡No te esperaba!

Mi hermana lo cortó de inmediato:

—¿Cómo van las investigaciones de las que me hablabas la otra tarde?

Él se puso **colorado**.

—¡Eso es información secretísima!

—Pero tú no tienes secretos para mí, ¿verdad, bomboncito de queso mío? —susurró ella jalándole de los bigotes con un gesto simpático.

Frick Tapioca

Él se puso morado de la emoción.

—¿Qué quieres saber?

—¡Todo! **¡Y rápido!** —respondió mi hermana de inmediato.

—*Bueno*... perdona..., ¿y ellos quiénes
son? —preguntó.

—Parientes. No te preocupes, tesorito, todo
está en orden —concluyó ella, presurosa.

—*Pero..., ejem...,* ¿también tienen que oírlo
ellos? —protestó él débilmente.

—Pero si ya te dije que son parientes míos.

¡Continúa, continúa!

Él bajó la voz.

—Bueno, pues, la semana pasada empecé a res-
taurar la Mona Ratisa. Levanté un fragmento
de color de la tela y entonces ¡me di cuenta de
que debajo del cuadro había otra pintura! Lo
he examinado con **RAYOS X** y después he
reconstruido en la computadora los once detalles que el pintor **Ratonardo da Vinci**

ha escondido bajo el retrato de Mona Ratisa. Frick sonrió y se sacó un CD de debajo de la bata blanca.

—¡Está todo aquí!

Rápidamente, Tea se lo quitó de las patas.

Pincelón Pintor

—Gracias, tesorito, te lo tomo prestado. Te lo devuelvo cuando nos volvamos a ver.

—Ah, ¿es que nos volveremos a ver? ¿De verdad? ¿Cuándo? *Ejem...*, podría invitarte a cenar, por ejemplo ¿esta noche?

Tea le dio a Frick una palmadita en la mejilla.

—¿Esta noche? ¿Mañana? Vaya, no puedo, pero quizá, quién sabe, ¡la semana que viene!

En ese instante llegó el director del museo, Pincelón Pintor, un ratón **alto** y *delgado* de aire distinguido, con un moño azul y un chaleco rojo del que sobresalía la cadena de oro de un reloj.

Pincelón le tendió la zarpa a mi hermana.

—¡Buenos días, *señora Stilton*! ¿Cómo usted por aquí? —dijo amablemente.

—Buenos días, buenos días, qué placer verlo de nuevo, señor director, perdóneme pero tengo prisa. ¡Hasta la vista! —**exclamó** mi hermana apresurándose hacia su auto *deportivo*. Entonces encendió el motor.

—¡Todo el mundo a bordo!

Ellos se fueron en el coche de Tea. Yo, en cambio, preferí tomar un taxi.

¡Le tengo aprecio a mi pellejo!

EL ESPEJO
DE TEA

Nos encerramos con llave en mi oficina.

—Tendremos que trabajar toda la noche —refunfuñó mi primo en tono **lúgubre**—. ¿Pido algo para picar?

Encargó al bar (y lo puso a mi cuenta) una **EXTRAPIZZA** (es decir, una pizza de un metro de diámetro).

—Bueno, pero que sea de metro y medio, hoy **¡TENGO HAMBRE!** —lo oí gritar al teléfono.

Nos pusimos patas a la obra.

—¡Tío, déjame a mí! —dijo Benjamín. Corrió a la computadora, la encendió

e insertó el CD. En la pantalla se materializó
la imagen de **RAYOS X** que Frick había
coloreado por computadora.

—Ahora mismo la amplío —dijo Ben.

En ella aparecían once detalles misteriosos:
una estatua, una fuente, una corona y otros
objetos que no llegamos a identificar. Abajo a
la derecha, en el lugar de la
firma, había un texto
casi imperceptible a
simple vista.

Aumentamos el tamaño:

ONCE LUGARES DEBES BUSCAR

ONCE LETRAS DEBES ENCONTRAR

UNA PALABRA DEBES FORMAR

SI EL MISTERIO QUIERES REVELAR

—Pero ¿qué significa? —pregunté yo, perplejo.

El texto parecía intraducible, no pertenecía a ninguna lengua conocida. Fue Tea quien primero lo entendió. Abrió su bolso, tomó el espejito de su polvera y lo colocó frente al texto. Como por arte de magia, de repente el texto fue comprensible.

He aquí lo que leímos:

ONCE LUGARES DEBES BUSCAR

ONCE LETRAS DEBES ENCONTRAR

UNA PALABRA DEBES FORMAR

SI EL MISTERIO QUIERES REVELAR

Mientras nosotros trabajábamos, Trampita devoraba la *EXTRAPIZZA* mirando los dibujos animados en el televisor de mi despacho.
Tea protestó:

—¡Tú también podrías hacer algo! ¿No éramos socios a partes iguales?

Trampita rió:

—**Trabajen, trabajen,** intelectuales… ¡yo haré mi parte mañana!

Trabajamos durante horas y horas, consultando antiguos mapas topográficos, volúmenes sobre la historia de Ratonia, catálogos de museos… Finalmente, identificamos los once monumentos…

El capitel del cormorán
(en el mercado de pescado)

La regla graduada
(en los tribunales)

El sello de Tratonilius
(en el Departamento de Control
de Calidad del Queso)

**La copa del Ratón
de plata**
(en el museo)

La fuente de gruyere
(en el Departamento de Control
de Calidad del Queso)

El gato de piedra
(en el parque de diversiones)

La bóveda de arcos
(en el sótano de El Ratón Burlón)

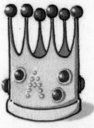

La corona de la princesa Angorina Quesina VII
(en el Rat Bank)

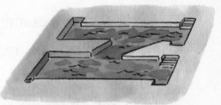

Las antiguas termas
(en el gimnasio Superratón)

El reloj de sol
(en la Taberna del Buscapleitos)

La estatua de Ratonillardo Requesón
(en la escuela)

ONCE LUGARES DEBES BUSCAR
ONCE LETRAS DEBES ENCONTRAR
UNA PALABRA DEBES FORMAR
SI EL MISTERIO QUIERES REVELAR

EL CAPITEL
DEL CORMORÁN

A la mañana siguiente nos reunimos en la redacción.

—¿Cómo vamos a examinar los once monumentos? Tendremos que recorrer toda la ciudad. Trampita rió.

—¡Je, je, je! Ahora me toca a mí. **TENGO** amigos de confianza por doquier. ¿La regla graduada, en los tribunales? De eso me encargo **YO**. ¿La fuente de gruyere? Le preguntaremos a César Pata, un viejo amigo **mío**. ¿El mercado de pescado? ¡Allí soy un famoso cazador de tiburones! Busquen a Marina Chirla, en el puesto de pulpos, ¡digan que los mando **YO**!

Tea y yo nos dirigimos hacia el callejón pavimentado de piedra que llevaba al mercado.

A medida que nos acercábamos a la plaza cre-
cía el griterío, las exclamaciones, los **PREGONES**.
¡Qué espectáculo!

A la izquierda, decenas y decenas de puestos exponían enormes atunes que brillaban al sol. Más adelante, otros puestos vendían sardinas, salmón, cazón. En el centro de la plaza, PULPOS y calamares; siguiendo hacia la derecha, lenguados. Un poco más allá, almejas y ostiones, y sobre un lecho de HIELO PICADO, ostras y erizos de mar.

—¡Pescado fresco, fresquísimo, vivito y coleando!

Algunos pescaderos refrescaban los pescados lanzándoles cubetas de agua de mar. De repente...

—¡SPLASH! Una cubeta me dio de lleno.

—¡Caramba! —grité PEGANDO UN bRINCO hacia atrás. ¡Demasiado tarde! Mi saco se había echado a perder irremediablemente.

Tea me miró con calma.

—Podrías estar más atento...

Iba a responderle cuando resbalé con escamas de pescado y me caí cuan **largo** soy abrazado a un atún enorme.

—¿Lo quiere? ¿Lo compra? ¿Se lo envuelvo? —preguntaba el pescadero.

—¡NO, QUÉDESE SU ATÚN! —grité levantándome mientras la muchedumbre se reía.

Tea susurró:

—¿Es necesario que te hagas notar tanto? ¡Ponte atento!

Di dos pasos más hacia el centro de la plaza cuando un tentáculo viscoso me agarró por el cuello.

—GLB... GLBB... GLBBB... —farfullé.

¡VAYA TIPO, ESE RATÓN!

—¡Quita las patas! Pero ¿dónde crees que vas con mi PULPO? —gritaba una pescadera con aire enojón.

Tea dibujó una sonrisa.

—¡Ah, usted es Marina Chirla! No le haga caso a ése, es mi hermano. Tú, Geronimo, a propósito, ¡¿podrías estar un poco más atento?!

Iba a decir lo que pensaba del pescado en general y de los pulpos en particular, pero Tea me dio un codazo y yo solté:

—¡Me manda Trampita!

La pescadera se volvió cordialísima.

—¡Haberlo dicho antes! ¡Trampita! ¡Vaya tipo, ese ratón! ¡Único! ¡Él sí que sabía!

Entonces, al recordar las fanfarronadas de Trampita, que se vanagloriaba de ser cazador de tiburones, murmuré:

—¡Sí, es una fiera con los tiburones!

Ella me miró con aire de sospecha.

—Pero ¡qué tiburones ni qué ocho cuartos! ¡Huachinangos, si acaso! —Luego se puso a reír—: Supongo que conoce la diferencia entre un tiburón y un huachinango, ¿no? —Y continuó, *soñadora*—: ¡Ah, con qué rapidez limpiaba los huachinangos! ¡Batió el récord del mercado de pescado: *cincuenta y tres huachinangos al minuto*!

¿Tiburón? ¿Huachinango?

Con los ojos húmedos por la emoción, buscó en el bolsillo del delantal y sacó una foto **arrugada**.

En la foto mi primo, semitapado tras un montón de huachinangos, elevaba en sus manos una copa: *1.ᵉʳ Trofeo Mercado del Pescado*.

Entonces Tea, fingiendo indiferencia, preguntó:

—Trampita nos ha hablado del capitel del cormorán. ¿Podemos verlo?

Marina nos hizo un gesto para seguirla. En la esquina norte del mercado había una columna con un capitel en relieve: representaba un cormorán con un pez en el pico. ¡En seguida nos dimos cuenta de que en la cola del pez había un sutil grabado en forma de **Y**!

—¡Qué extraño! ¡Esta mañana temprano, a las seis, pasó una viejecita que quería examinar la columna a toda costa! —rió Marina.

—¿Podría describírmela? —preguntó Tea mientras lo anotaba todo en su libreta. Marina intentó recordar.

—Era una viejecita con una pañoleta roja con puntos azules que llevaba un cesto de manzanas. Hemos hecho un intercambio, un pulpo por

Marina Chirla

una manzana —concluyó enseñándonos una manzana roja y brillante. Entonces agitó la foto y añadió—: ¡Díganle a Trampita que lo espero, que siempre pienso en él, sniff! ¡Lo echo tanto de menos!

Volvimos a la oficina.

Tea se apresuró a tomar lápiz y papel y en un instante dibujó un retrato a color de la viejecita.

—¿Una viejecita? ¡Qué extraño!

LA REGLA GRADUADA

Segunda pista: *la regla graduada*.

—La regla graduada está en los tribunales, ¿no es cierto? Allí tienen que preguntar por mi amigo Carboncillo Chupatintas. ¡Díganle que los mando yo! —nos había recomendado Trampita. Tea se ocupó de todo. He aquí el fax que me envió:

Urgentísimo - Fax

Para: EL ECO DEL ROEDOR

A la atención de: GERONIMO STILTON

Carboncillo Chupatintas es un tipo mañoso que al principio ha intentado darme un buen pellizco a cambio de la información. Cuando oyó el nombre de Trampita dijo que me habría ayudado gratis...

porque le debía un favor, y que con esto quedaban en paz. Me acompañó al archivo de los tribunales, donde está expuesta la regla graduada, la unidad de medida usada en el año mil.

La regla graduada no tiene inscrita ninguna letra, pero en cuanto la he visto me he percatado de que tiene forma de Ï.

Nos vemos mañana.

TEA

P. D. Ayer, una viuda con velo pidió permiso para fotografiar la regla graduada.

LA COPA DEL RATÓN DE PLATA

Tercera pista: la copa del **Ratón de plata**.
Tea y yo fuimos a buscarla al museo, pero en la vitrina sólo encontramos una tarjeta:

Copa labrada en plata
Época: año 1000 aprox.
Prestada al director de cine Von Rattoffen

Volvimos a la oficina.
Mi primo estaba trepado en la silla de mi escritorio y no se dignó a saludarnos.
Estaba engullendo **enormes** cucharadas de sopa de verduras hirviendo.

—Pero ¿qué haces? —le pregunté disgustado—. ¿Tomas sopa a estas horas?

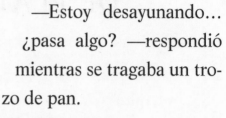

—Estoy desayunando… ¿pasa algo? —respondió mientras se tragaba un trozo de pan.

Yo le dije cortante:

—¿Te importaría irte a otro lugar? ¿No ves que estás llenando de migajas mi escritorio?

Él refunfuñó y se levantó para apartarse, pero tropezó con la alfombra y volcó el plato de sopa **HIRVIENDO** sobre el escritorio.

—**¡MIS DOCUMENTOS! ¡MI AGENDA!** —grité mordiéndome la cola de rabia.

En ese momento llegó Tea, distrayéndome, y le dijo a Trampita:

—Por casualidad ¿conoces a alguien que trabaje con *Von Rattoffen*?

Trampita rió burlonamente.

—¿Que si conozco a *Von Rattoffen?* ¡Pues claro! Pero no les aconsejo que vayan de mi parte. Es más, si descubre que son parientes míos, **¡NIÉGUENLO, NIÉGUENLO SIEMPRE!**

Nos precipitamos hacia el estudio cinematográfico.

El foro estaba repleto de actores y decorados, y el director *Von Rattoffen* gritaba órdenes por un megáfono.

—¿Quién es el caraqueso que ha accionado la máquina de **NIEVE**? ¿Es que no saben que la escena se desarrolla en el de-sier-to? ¿Pusieron la grabación del maullido? ¿Qué? ¿Y esto es un maullido? Pero ¡si parece el lamento de un ratón enfermo! ¿Quieren estropearme la película o qué?

Tea me dio un codazo.

—¡Mira, allí está la copa!

En el despacho de *Von Rattoffen,* que tenía

las paredes de vidrio transparente, entrevimos a un ratón vestido de gladiador romano que estaba examinando la copa de plata.

El ratón escapó hacia fuera con aire furtivo y desapareció tras las comparsas. Raudos y veloces nos metimos en el despacho, pero justo entonces entró el director.

—¡Quiten las zarpas de mi copa! ¿Quiénes son? —indagó con expresión de sospecha.

Yo aproveché la ocasión:

—Ejem, me llamo Stilton, Geronimo Stilton, y ésta es mi hermana, Tea Stilton.

Ella me propinó una patada en la espinilla, pero ¡ya era demasiado tarde!

Él parecía reflexionar.

—*¿Stilton? ¿Stilton?* —Entonces cambió de expresión—. ¿Tienen un pariente que se llama Trampita? ¿Chaparro, robusto, con el pelaje de color avellana?

—Ejem, es un pariente lejano, lejanísimo…

Von Rattoffen explotó:

—¿Saben que lo busco desde hace dos años? ¿Saben que hizo *volar por los aires* un rascacielos de veinte pisos cinco minutos antes de filmar una escena? ¿Saben qué le voy a hacer si lo pesco?

Mi hermana y yo nos **desliz**amos hasta la puerta.

Y salimos.

Tea me dio un *pellizco* en la cola, riendo.

—He tenido tiempo de echarle un vistazo a la copa: ¡esta vez la letra es una H!

EL SELLO
Y LA FUENTE

Trampita nos esperaba en la redacción, con las patas apoyadas sobre **mi** escritorio. Estaba mojando **terrones de azúcar** en miel.

—**Pero ¿qué haces?** —le pregunté horrorizado.

—¡No sabes lo bueno que está! ¿Quieres probar?

—¡No, gracias, por favor! —respondí con un gesto de **disgusto**—. A propósito, hemos descubierto que eres muy famoso en los círculos cinematográficos. Bueno, más que famoso, ¡estás muy buscado!

—Ah, sí, el detonador, el rascacielos... —se rió— ¡Qué **golpe**! ¡Deberían haber visto la cara del director! —Entonces resopló—: La cuarta y la quinta pistas están en el DEPARTAMENTO DE CONTROL DE CALIDAD DEL QUESO. Pregunten por César Pata. ¡Díganle que los mando yo! Tea y Benjamín fueron en el auto deportivo; yo, en cambio, tomé el tranvía. *¡Le tengo aprecio a mi pellejo!*

Nos encontramos en el instituto por donde pasan todos los quesos de Ratonia. Cada queso se **examina**, se mide, se SELLA antes de ser enviado al mercado.

En el instituto se conserva el antiguo 5€llo d€ Tratonilius, el legendario inventor del queso, y también la *fuente de gruyere*.

Allí nos vino al encuentro un tipo **gordito** con bata blanca: era César Pata.

—¡*Bienvenidos*, los guiaré en su visita al laboratorio!

Nos condujo a través de un inmenso almacén

donde se apilaban quesos de todas las calidades, formas y dimensiones. Por doquier, ratones con batas blancas estaban ocupados en MEDIR y sellar quesos.

—Señor César, estamos aquí para que analice una partida de queso ahumado.

César adoptó un aire **solemne**.

—Queso ahumado, ¿eh? Déjenme ver —exclamó leyendo el certificado de calidad.

Sí, la medida corresponde al estándar. A continuación, tomó un instrumento de latón para medir el diámetro de los quesos.

—Sí, la medida corresponde al estándar. ¡Ahora comprobaremos la madurez! —Tomó un largo palillo de madera y lo insertó en el queso; después lo **olió** con aire experto—. ¡En su punto! —Entonces consultó una **tabla de colores**—. Sí, también el color del queso es normal, amarillo ambarino.

—Con actitud profesional firmó el documento y puso el **SELLO**—. Ah, qué responsabilidad —murmuró alisándose la cola—. A propósito, ¿cómo está Trampita? Cuando estaba aquí con nosotros, como catador, estaba trabajando en un proyecto nuevo: ¡quería inventar el queso SINTÉTICO!

Tea consultó su reloj.

—Siento interrumpirlo, César, pero tenemos prisa. ¿Es posible examinar de cerca el sello y la fuente? César nos condujo al museo y nos indicó

César Pata

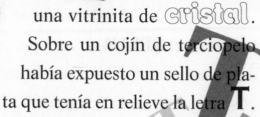

una vitrinita de cristal.

Sobre un cojín de terciopelo había expuesto un sello de plata que tenía en relieve la letra **T**.

Luego nos acompañó a un patio interior donde había una fuente que representaba a la diosa de la fortuna. Sostenía en la pata derecha una cornucopia de la que **SALÍA** queso fundido.

Tea hizo varias fotografías.

—¡La luz es perfecta! —concluyó satisfecha.

Mientras, yo examinaba la fuente de cerca.

¡No veía letras de ningún tipo!

Fue Benjamín quien me llamó la atención sobre la decoración del borde de la pila.

—¡Parecen muchas **B** una junto a otra!

Me saqué del bolsillo la libreta y anoté:

Mañana iré al parque de diversiones a buscar la próxima letra.

P. D. César nos ha contado que ayer por la mañana vio a un tipo con unos ridículos pantalones florados y al mediodía otro con una camiseta de rayas blancas y rojas.

Ellos también estaban interesados en las pistas...

EL GATO DE PIEDRA

¡Sexta pista!

—En el PARQUE DE DIVERSIONES, preguntenpor mi amigo Mortadelo Colapocha, alias el CHURRITOS. ¡Es el dueño de la MONTAÑA RUSA! —nos recomendó Trampita.

Cuando llegamos al parque eran ya las seis de la tarde. Las luces sobre la colina iluminaban la gran rueda, los carruseles, los carros chocones.

Benjamín estaba emocionado:

—Entonces, tío, ¿vamos primero al carrusel y luego me compras palomitas, por favor? Y después quisiera probar el tiro al blanco con las pelotas. ¡Me gustaría ganar un pez rojo!

El amigo de Trampita estaba sentado en un barril de pescados en conserva y contaba montones y montones de monedas. Cuando nos vio masculló:

—¿Un boleto normal y uno infantil?

—¿El señor Mortadelo Colapocha? Necesito una información. ¡Me manda mi primo Trampita! Él gritó, con los **bigotes** temblándole de la excitación:

—¡El viejo **Trampi!**

Mortadelo Colapocha

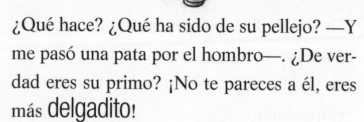

¿Qué hace? ¿Qué ha sido de su pellejo? —Y me pasó una pata por el hombro—. ¿De verdad eres su primo? ¡No te pareces a él, eres más **delgadito**!

—Señor **Mortadelo** ejem, Trampita me ha hablado de una piedra en forma de gato que se encuentra aquí en el parque de diversiones…

—¡Es verdad! Pero ¡antes les dejo dar una vuelta gratis en la **MONTAÑA RUSA**! ¡Invito yo!

Mientras hablaba nos empujó hacia un vagoncito pintado de **rojo**.

Yo le di las gracias.

—Gracias, muy amable, pero tenemos prisa, ¡mejor lo dejamos para otro día!

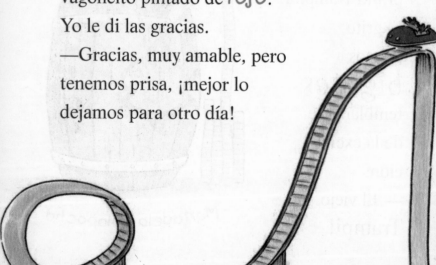

Benjamín me jalaba de la manga del saco.

—¡Tío, por favor, llévame!

Mortadelo insistía:

—¿Ha oído? No querrá defraudar al pequeño, ¿verdad?

Yo estaba **desorientado**.

—Ejem, sí, gracias. Benjamín, ve tú si quieres.

Mortadelo se indignó.

—Pero ¿qué hace? ¿Lo deja solo? ¿A un raton-
cito tan pequeño?

Entonces abrió la puerta del vagoncito y me
hizo caer adentro.

—¡Sí! ¿Ve?, ya está
sentado y listo. Có-
modo, ¿verdad?

¡Abróchense bien los cinturones, je, je, je!

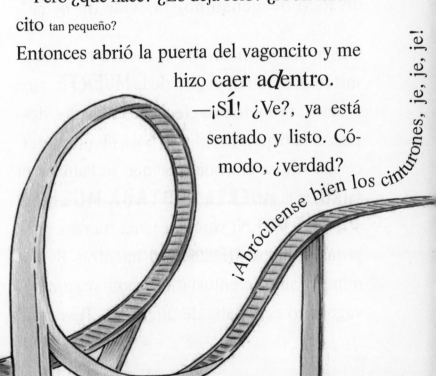

Un segundo después, el vagoncito arrancaba de un salto sobre los rieles de la **MONTA-ÑA RUSA**.

Cerré los ojos y me agarré a la barra con las patas empapadas de sudor por el **MIEDO**.

—¡Tío, mira qué **ALTO** está!

¡Yo ni siquiera pensaba abrir los ojos!

Pocos segundos más tarde nos lanzamos en

un loco descenso por las vías de *la MONTAÑA RUSA*.

Desde ese momento no se detuvo ni un solo instante. Hicimos el giro de la **MUERTE**, giro cruzado primero con efecto a la derecha, después a la izquierda, el giro boca abajo en descenso. Ahora entendía por qué se llamaba el **GIRO** de la **MUERTE: ¡ESTABA MUERTO DE MIEDO!** Ni siquiera tenía fuerzas para gritar. Callaba **ATERRORIZADO** mientras Benjamín gritaba de entusiasmo cada vez que el vagoncito cambiaba de dirección. Tras unos cuantos minutos que me parecieron horas, el vagoncito se paró al final de la vía.

Mortadelo se acercó.

—Genial, ¿eh? ¿les gustó? ¡Trampita decía que no había nada mejor para hacer la digestión! ¿Quieren dar otra vuelta?

Me **NEGUÉ** de plano con un gesto de la pata.

Después me deslicé fuera como pude y me tumbé sobre una piedra cerca del carrusel.

Benjamín me daba *aire* con un periódico.

—Tío, tío, ¿por qué tienes ese *color*?

Mortadelo me daba palmadas en el hocico.

—¡Vaya, las emociones juegan

malas pasadas!

Intenté recuperarme.

—¿Dónde está la piedra?

Mortadelo se rió.

—¡ESTÁS ACOSTADO ENCIMA, AMIGO!

Me levanté fatigosamente, con
la cabeza dándome vueltas.
ENTREVÍ confusamente que me
había acostado sobre una piedra con forma
de gato que tenía grabada la letra **R**.
Mientras, como en sueños, oí a Mortadelo
contarle a Benjamín que, justo un día antes,
¡un ratón vestido de payaso se había intere-
sado por el **GATO** de piedra!

EN EL RATÓN BURLÓN

A la mañana siguiente, al entrar en mi despacho me encontré a Trampita, que, con las patas encima de mi escritorio, masticaba palomitas al queso.

—¿Qué tal en el parque de diversiones?

—preguntó—. Me ha llamado Mortadelo, dice que tienes el estómago débil. Di la verdad, ¿me has hecho quedar mal?

—¡OLVIDÉMOSLO! —respondí—. ¿Dónde tengo que ir esta vez?

—Humm, la séptima pista está en El Ratón Burlón, una tienda de bromas en la calle del Ratón Chiflado nº 11. ¡El propietario es amigo mío!

Esta vez fui solo. El cartel de la tienda decía

El Ratón Burlón. Abrí la puerta de cristal y entré…

Solté un grito de pavor: un enorme gato de peluche colgado de un hilo se balanceaba sobre la cabeza de quien entraba.

Tras la caja, el propietario, *Ratino Risitas*, un ratón gordito con pantalones a rayas rojas y azules, se deshacía de risa.

—Simpática esta broma, ¿verdad? Pero acomódese, por favor —continuó, indicándome un taburete con un cojín rojo.

Fui a sentarme, pero apenas rocé el cojín solté un grito: ¡había escondida una trampa para ratones que me pellizcó la cola!

—Ji, ji, ji —se reía por lo bajo—. ¿Se encuentra bien? ¡Qué pálido está! ¡Por favor, pruebe un pedacito de queso!

Intenté morder lo que parecía un trozo de queso de bola pero ¡me di cuenta de que era de **goma**!

—¿Sabe que los tipos como usted son mis clientes favoritos? Siempre caen, ¡siempre!

—gritaba satisfecho Ratino Risitas limpiándose las lágrimas de los ojos. Después prosiguió—: ¿En qué puedo servirle? Tenemos de

Ratino Risitas

todo: garras felinas de **goma**, bombas féti-
das; en resumen, todas las bromas clásicas
pero también **NOVEDADES** exclusivas,
como este tenedor con petardo incorpora-
do: ¡escuche qué **BOMBAZO**! ¿Y qué me
dice de este pedazo de parmesano? Parece
de verdad, ¿eh? Y mire la delicadeza de este
terrón de azúcar: cuando se disuelve en
agua, ¡aparece un gusano de goma! —exclamó meneando un gusano bajo mis narices.

Entonces gritó, señalándome el cuello del
saco:

—**¡Cuidado!** ¡Tiene una serpiente su-
biéndole por el hombro!

Di un brinco por los aires mientras una serpiente de goma caía al suelo **zumbando**.

—¿Ha oído? ¿Ha oído? ¡Reproduce el soni-
do de una serpiente de cascabel, igualito!

—Entonces se rió—: Ah, cómo me gustaría

que hubiese más ratones como usted. Dígame la verdad, usted es un actor y hay una cámara oculta por ahí. ¡Sólo finge ser un **perfecto bobo**!

Mientras la serpiente zigzagueaba por el suelo, di un paso atrás, pero la alfombra se enrolló de repente lanzándome patas arriba.

—¡Bast**aaa!** —grité—. ¡Me manda Trampita, necesito una información!

Él agitó en el aire un hueso de **goma**.

—¡Podría haberlo dicho antes! Trampita siempre viene aquí a abastecerse de bromas. Me cuenta historias divertidas de un ridículo primo suyo, un tal Geronimo Stilton.

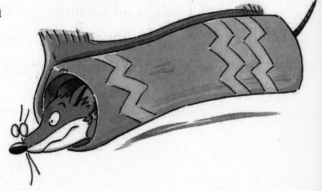

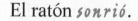

—¡Soy yo! —grité entre dientes—. Tengo que examinar la bóveda de su sótano.

El ratón *sonrió*.

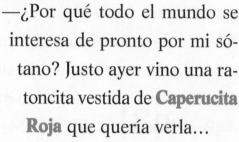

—¿Por qué todo el mundo se interesa de pronto por mi sótano? Justo ayer vino una ratoncita vestida de **Caperucita Roja** que quería verla…

Suspiré, alguien se me había adelantado también aquí. Ratino Risitas abrió una portezuela que daba a una escalera de caracol estrecha y oscura. Bajé con cautela un escalón tras otro, y finalmente entreví la bóveda de arcos del sótano. ¡En el arco central estaba grabada la letra L!

EN PRIMERA
CLASE

Aquella tarde fuimos todos a casa de Trampita. Tea y Benjamín fueron en el auto deportivo. Yo, en cambio, preferí tomar el autobús. *¡Le tengo aprecio a mi pellejo!*

Mi primo vive en una casa compuesta por una locomotora y un vagón de tren de principios de siglo. Totalmente forrado de madera, el vagón dispone de una cocina **enorme** con una barra y un compartimiento de primera clase donde mi primo ha puesto la sala de estar. Las sillas, de terciopelo rojo, tienen unos cómodos reposacabezas, y cuando uno se sienta, casi tiene la impresión de que el tren va a arrancar de un momento a otro. En la locomotora, Trampita

ha instalado el dormitorio, con una **CÓMICA** cama plegable que baja cada noche accionando una palanca.

—¿Quién quiere un capuchino? —preguntó mi primo, orgulloso de su máquina de café de brillante latón, coronada por un ratón alado.

Con un salto, la máquina se encendió, luego emitió una nube de vapor y soltó un chorro **HIRVIENTE** de café en una tacita que llevaba las iniciales F.I.R. (Ferrocarriles de la Isla de los Ratones).

Me había trepado en la silla de terciopelo frente a la estufa, donde el fuego crepitaba alegre. Benjamín se había dormido en mis brazos... ¡Qué bien se estaba **EN EL CALOR**

Mi primo vive en una casa compuesta por una locomotora...

bajo techo mientras fuera soplaba el viento **gélido**!

Tea golpeó con la cucharilla en la taza para llamar nuestra atención.

—Hoy he ido al Rat Bank a buscar la corona de

la princesa Angorina Quesina VII. En el centro de la corona hay una **A**, formada por pequeños diamantes. Sin embargo, al salir me topé con un ratón vestido con gabardina que me estaba espiando tras un periódico. No puede ser una casualidad: ¡hay una banda que, como nosotros, intenta descubrir el misterio!

RATONILLARDO REQUESÓN

La novena pista, que se encontraba en el patio de la escuela, era la estatua del famoso Ratonillardo Requesón.

Trampita fue a lo seguro:

—Pregunten por mi viejo maestro. Se llama *Abecedario Latinajo*.

Benjamín y yo fuimos a la escuela a las siete de la mañana, antes del inicio de las clases. Abecedario Latinajo, un anciano ratón con el pelaje **gris**, estaba apoyado en su escritorio y escribía con la pata temblorosa por la edad sobre un libro que olía a tinta.

—¿Qué desean? —preguntó con aire de sospecha.

Entonces vio a Benjamín.

—Ah, ¿es su hijo?

—En realidad... —empecé a responder, pero él me interrumpió.

—Imagino que quiere inscribirlo...

—Pero yo en realidad...

Abecedario Latinajo

—No se hable más. ¡Demasiado tarde! Las inscripciones están cerradas.

—Mire, yo sólo...

—¿Qué? ¡Hable más fuerte! —gritó—. ¡Soy un poco sordo!

—Me manda Trampita, un antiguo estudiante de esta escuela.

—¿Cómo? ¿Mi *abuelita*? ¿Qué tiene que ver con esto mi *abuelita*?

—Trampita me ha hablado de la estatua, la estatua de Ratonillardo Requesón.

—¿Que vinieron en *camión*?

—¡La estatua! ¡AQUÉLLAAA! —grité señalando la **escultura de mármol** que se entreveía a través de los cristales.

—Ah, aquélla… Sí, también ayer vino un tipo, un alumno muy **CRECIDITO**, que quería verla de cerca. Pero ¿quién me ha dicho que los manda?

—¡TRAM-PI-TAAA! —grité a pleno pulmón.

Finalmente, el anciano lo entendió.

—¿Quién? *¿Trampita?* ¿Y por qué no lo dijo antes? Imposible olvidarse de él. El alumno más pestífero que he tenido nunca. ¡Recuerdo cuando escalaba la estatua de Ratonillardo Requesón para ponerle una cáscara de plátano sobre la nariz...! ¡Cuando **CLAVABA LOS CAJONES** del escritorio...! ¡Cuando pegaba las páginas de mis libros con chicle! ¡Qué peste de niño! Pero —y aquí se emocionó, secándose una lágrima— Trampita es también el único que ahora se acuerda de mandarme, *sniff,* la felicitación de Navidad. ¡Miren esto!

Abrió un cajón de su escritorio y entreví un paquete de felicitaciones navideñas, atado con un lacito rojo. Reconocí rápidamente la caligrafía de mi primo.

Abecedario Latinajo se levantó de su escritorio y se dirigió hacia la puerta.

—¡Síganme!

Nos condujo ante la estatua.
Observé a `Ratonillardo`
`Requesón`: estaba
de pie sobre un pupitre
de escuela y sostenía en
alto un tintero donde se
leía perfectamente la le-
tra **S**.

Me dirigí a Abecedario:

—Gracias por el tiempo
que nos ha dedicado, es-
pero no haber sido ino-
portuno…

—¿Qué? *¿Ninguno?*
Eh, sí, como Trampita
no hay ninguno…

—murmuró emocio-
nado sonándose

RUIDOSAMENTE

las narices con un pañuelo.

LAS TERMAS

El gimnasio Superratón estaba en la plaza del Pelaje Rizado. Sabía que trabajaba un amigo de Trampita, un tal **FRIEGA BÍCEPS**, masajista. Aquella mañana, nada más entrar, vino a mi encuentro un ratón que parecía un ropero, con un vasto surtido de

Friega Bíceps

músculos que parecían a punto de estallar bajo la ropa.

—¿El señor FRIEGA BÍCEPS? —pregunté mientras entraba.

Estaba a punto de pedirle que me dejara dar una vuelta por el gimnasio para examinar la décima pista, las termas, cuando me preguntó:

—¿Quiere hacer el recorrido completo?

—¡Sí, gracias! —respondí asombrado de que ya estuviese al corriente de todo.

Un instante después me empujaba dentro de un vestuario.

—¡Póngase el traje! —gritó desde el otro lado de la puerta.

En cuanto salí, Friega Bíceps me empujó hacia una habitación de madera donde reinaba un calor infernal. ¡Era un sauna! Miré el termómetro: ¿Quéééé? ¿CIEN GRADOS? Boqueando, intenté salir, pero apenas abrí la puerta él me preguntó sorprendido:

—¿Cómo, ya? Bueno, la regadera está lista.

Entonces abrió a traición la llave de agua helada. Brinqué afuera veloz como un cohete, pero cuando quise recuperar mi ropa, él accionó una banda eléctrica sin fin a toda velocidad.

—¡Socorro! —jadeé corriendo a más no poder, pero él me agarró.

—¡Mire que el masaje está incluido en el precio! ¡Verá cómo se relaja! —dijo, y antes de que pudiese protestar me estaba ya amasando con sus patotas.

SALTÉ de la camilla.

—¡Bastaaaa! —grité precipitándome en dirección a la puerta, pero él me agarró por el rabo, hablando amenazador.

—No querrá irse sin pagar, ¿eh?

Y me puso en la pata una cuenta astronómica.

—¿Sauna y masaje? ¿Recorrido completo? ¿Cuánto ha dicho que cuesta? Pero ¿está usted loco? ¡No pienso pagar NUNCA!

—¡Socorro! —jadeé corriendo a más no poder...

En ese momento pasó por allí Tea, que vestía un traje de gimnasta a la última moda.

—Oh, Geronimo, ¿tú por aquí?

El masajista AGITÓ la cuenta, indignado.

—Ah, ¿conoce a este tipo? ¿Sabe que intentaba escaparse sin pagar? Tea SUSURRÓ entre dientes:

—¡No me hagas quedar mal! ¡Es el gimnasio más exclusivo de Ratonia, me conocen todos! ¡Paga de inmediato! ¡Y deja propina!

Indignado, firmé un cheque mientras el masajista no me quitaba el ojo de encima.

—A propósito, ¿qué haces aquí? —preguntó Tea.

—¡He venido a buscar la penúltima letra!

—Podrías haberlo dicho. No era necesario que vinieras hasta aquí, me ha bastado echarle un vistazo al diseño de las termas para darme cuenta de que tienen forma de **N**...

LA ÚLTIMA LETRA

Faltaba la última pista: el reloj de sol que se encontraba en la Taberna del Buscapleitos.

—El tiempo corre en contra de nosotros. En el gimnasio se nos adelantó un tipo vestido de jugador de básquetbol. ¡Quizás *ellos* ya hayan resuelto el misterio! Debemos correr a la Taberna del Buscapleitos para encontrar la última pista. ¿QUIÉN VA?

Trampita se rió y agitó una hoja de papel.

—¡La letra del reloj de sol es la **U**, ratontos de capirote! Ayer se celebraban los campeonatos del millón de la taberna. Pasé por allí, también porque quería preguntarle a mi amigo **Biscúter**, el cocinero, su receta de los pastelitos de **panela** —dijo, relamiéndose los

Biscúter

bigotes—. Así, de paso, eché un vistazo al reloj. A propósito, ¡acababa de pasar un motociclista que también buscaba el reloj de sol! —Entonces apoyó sus patotas en mi escritorio y exclamó, señalando magnánimo cuatro vasos—: ¡Para celebrarlo les ofrezco un aperitivo! ¡Y no es todo, también tengo un bocadillo! —añadió ofreciéndonos cebollitas en vinagre bañadas en mermelada de **ARÁNDANOS**. Después introdujo un pescado salado en la miel.

—¡Esto es lo que yo entiendo por *agridulce*! ¡Aaahhh, qué delicia!

¡Sólo verlo me daba náuseas!

Empecé a reflexionar en voz alta.

—El texto decía:

ONCE LUGARES DEBES BUSCAR

ONCE LETRAS DEBES ENCONTRAR

UNA PALABRA DEBES FORMAR

SI EL MISTERIO QUIERES REVELAR

Las letras giraban en mi cabeza cada vez más vertiginosamente

Las letras giraban en mi cabeza cada vez más vertiginosamente. **Y, I, H, T, B, R, L, A, S, N, U.** Distraído, cogí un vaso y me bebí el contenido de un solo trago.

De repente, oí que Trampita refunfuñaba:

—¡Geronimo se ha bebido mi licuado de frambuesas **PICANTES**! Siempre anda distraído…

Durante un instante no sentí nada, y luego, de golpe, comenzaron a **BIZQUEARME** los ojos y tuve la impresión de que me salía humo por las orejas.

—¡Aaaaaaaagh! —Quizá por el efecto de la frambuesa de repente me vino a la mente una palabra—: ¡**LABYRINTHUS**!

Quesina VII **A**

La corona de la princesa Angorina

La bóveda de arcos **L**

La fuente de gruyere **B**

El capitel del cormorán **Y**

El gato de piedra **R**

La regla graduada

¡ L A B Y R I

Las antiguas termas **N**

El sello de Tratonilius **T**

La copa del Ratón de plata **H**

El reloj de sol **U**

La estatua de Ratonillardo Requesón **S**

N T H U S !

—**¡LABYRINTHUS!** —farfullé—. ¡Labyrinthus, la biblioteca-laberinto de la que hablan las leyendas! ¡He leído esta palabra en un **antiquísimo manuscrito** de Ratonardo da Vinci que pertenece a mi colección privada!

—¿Qué te pasa, la **FRAMBUESA** te ha afectado el cerebro? —preguntó Trampita.

Corrí raudo por el manuscrito y lo hojeé afanosamente.

—¡Aquí está! ¡Estaba en lo cierto! Entonces empecé a leer en voz alta—: *Esta biblioteca, llamada Labyrinthus, se hallaba en el cora-*

zón de la ciudad. Tenía más de mil pasillos, tantos que quien entraba podía no encontrar nunca la salida. Miles eran los pasillos, pero setecientas veces mil los volúmenes que contenían. Ahora que la Gran Guerra Contra los Gatos amenaza nuestra ciudad, e intentando que la sonrisa vuelva al pueblo de los ratones, yo, Ratonardo da Vinci, he escondido el Labyrinthus: estaba, y ahora no está, quizá un día regrese...

—¿El corazón de la ciudad antigua? Entonces, ¡podría ser la **plaza de la Piedra Cantarina!** —exclamé.

—¡Yo sé dónde está! ¡Rápido, **síganme**! —gritó Tea, tomando las llaves de su auto deportivo y corriendo fuera.

Ellos tres fueron en el coche, yo, en cambio, preferí la bicicleta. *¡Le tengo aprecio a mi pellejo!*

LA PIEDRA CANTARINA

La Piedra Cantarina es uno de los rincones más **antiguos** de la ciudad; nadie ha descubierto nunca por qué tiene ese nombre. En el centro se yergue un altísimo obelisco que parece desafiar al cielo; de forma circular, la plaza está pavimentada de **piedra**.

Cuando llegamos, estaba desierta.

Yo estaba emocionadísimo. Miré a mi alrededor limpiándome los cristales de las gafas para poder ver mejor.

—Tiene que ser aquí, lo presiento. ¡Esta vez hemos dado en el clavo!

Recorrimos toda la plaza en busca de una pista que señalara el Labyrinthus.

Pasaron las horas pero no encontramos nada.

¿Era posible que me hubiese equivocado?

Mi primo sacudía la cabeza, chupando una paleta chupa-chup con sabor de roquefort.

—Aquí no hay nada de nada de nada —refunfuñaba lúgubre, señalando la plaza desierta—. ¡Te lo he dicho, la frambuesa te ha afectado el cerebro!

—Sin embargo, tiene que estar aquí. **LABYRINTHUS**... **LABYRINTHUS**... **LABYRINTHUS**... —repetía como si fuese una fórmula mágica.

¿Cuál era el secreto escondido en esa palabra?

Trampita se chupó los dedos pegajosos y gruñó:

—Resígnate, Geronimo. No hay ningún Labyrinthus. Ninguno, ¿entiendes?

Yo no quería rendirme.

—No obstante, ¡estamos cerquísima de la solución! —murmuraba con los bigotes vibrándome de la emoción.

Tea se sentó al lado de Trampita.

—Gerry, ¿por qué no lo dejamos aquí y nos vamos a dormir?

Tras segundos que parecieron eternos llegó
a lo alto del obelisco...

Durante un instante incluso yo dudé. Con un suspiro, me senté al lado de mi prima, DESMORALIZADO. El único que parecía no querer rendirse era Benjamín.

—¡Si tío Geronimo dice que el Labyrinthus está aquí, es que *está aquí*! —repetía, testarudo.

Trampita resopló.

—Mira a tu alrededor, sobrino. ¿Ves algún laberinto aquí? ¡Yo no! Es más, para convencerte —dijo levantándose—, ¡voy a echar un vistazo desde las alturas!

Entonces empezó a trepar por el obelisco, escalándolo con la agilidad de un felino.

—*Hop, hop, hop...* —exclamaba alegre—. ¡Si supieran qué vista hay desde aquí!

—¡Trampita, baja! ¡Es muy peligroso! —gritábamos nosotros—. ¡Baja inmediatamente!

Pero él no nos escuchó y continuó subiendo más y más. Tras segundos que parecieron eternos llegó a lo a**1**to del obelisco...

¡NO HAY NINGÚN LABYRINTHUS!

Desde lo alto del obelisco, Trampita gritó a pleno pulmón:

—**¡No hay** ningún labyrinthus! ¡Ningún labyrinthus!

... inthus

—... *inthus* ...*inthus*...

... inthus

Miramos alrededor, sorprendidos.

—¿Qué está pasando?

... inthus

—Es un eco... ¡quizá por eso se llama plaza de la Piedra Cantarina!

—... *inthus* ... *inthus* ... *inthus*... —repetía el eco, reverberando contra las paredes de la plaza.

—... *inthus* ... *inthus* ... *inthus* ... *inthus*...

El eco continuaba, cada vez más fuerte. ¡Ahora la plaza parecía cantar de verdad!

—...*inthus*...*inthus*...*inthus*...*inthus*...*inthus*...

El eco de la palabra Labyrinthus resonaba el lugar, cada vez más fuerte, haciendo vibrar el pavimento bajo nuestras patas.

—¡UN TERREMOTO! —gritó Tea mientras Trampita bajaba del obelisco.

—No es un terremoto, la plaza está girando sobre sí misma. ¡Salgamos de aquí, rápido! —grité tomando a Benjamín de la pata.

Emprendimos la carrera y nos alejamos de la plaza mientras el pavimento se inclinaba peligrosamente.

Tea y Trampita nos siguieron casi sin aliento.

—¡Qué espectáculo! —gritaba mi hermana tomando una foto tras otra.

—¡Ahora la plaza está casi al revés!

A pesar de la **oscuridad,** conseguí entrever lo que la plaza había escondido durante siglos: un edificio largo y bajo de piedra gris.

¡L A B Y R I N T H U S!

Esperamos a que la plaza se detuviera y nos acercamos al Labyrinthus. Empujamos el portón de piedra, que se abrió en silencio. Ante nosotros había un laberinto de pasillos que parecía no tener fin; las paredes estaban forradas de estanterías repletas de libros. Aquellos salones oscuros, donde durante siglos ningún roedor había metido el hocico, me daban ESCALOFRÍOS.

Benjamín me apretaba la pata.

—¡No te apartes de mí, tío! ¡Tengo miedo de perderme!

Tea no veía la hora de explorar el laberinto:

—¡Atemos un hilo a la puerta de entrada! ¡Bastará seguirlo para encontrar el camino de vuelta!

—¡Buena idea! —dijo Trampita, agarrando al vuelo un hilo que pendía de mi bufanda de cachemir verde—. *¡Ea!* —exclamó mientras corría al interior del laberinto con el cabo del hilo bien sujeto.

¡Ahora la plaza está casi al revés!

—¡Quieto! ¡Quiet**OOO**! —grité. Demasiado tarde: mi bufanda se había convertido en un largo, **larguísimo** hilo que se extendía a lo largo de los pasillos del laberinto. Me senté, desconsolado—: ¡Con lo que me gustaba esa bufanda!

Benjamín me dio un besito:

—No te enfades, tío. Te regalo la mía. No es de cachemir pero es *verde*, ¡como la tuya!

Lo abracé fuerte. Benjamín es mi sobrino preferido...

Entramos en el laberinto siguiendo el hilo. Mientras, examinamos los volúmenes de las estanterías: ¡eran ediciones rarísimas, únicas! Tomé un libro, después otro y otro más, soplando en las portadas para quitarles el polvo.

Mi bufanda se había

Desenrollé delicadamente un pergamino escrito con caracteres antiguos: cerca de la firma había un sello de cera, un lacre. Hojeé con cuidado las páginas amarillentas por el tiempo de un volumen impreso en oro que explicaba cómo fue fundada Ratonia.

Después admiré las delicadas miniaturas de un precioso librito, encuadernado en SEDA ROJA:

MEMORIAS DE DON RATOLINDUS

ROQUEFORTUS, FUNDADOR DE RATONIA.

Benjamín leía a mi lado, feliz.

Entonces nos adentramos aún más en el laberinto. Los pasillos eran cada vez más oscuros. Ya resultaba imposible imaginar por dónde habíamos entrado.

—Ahora tenemos que girar a la derecha, creo —murmuró Tea, mirando a su alrededor.

Yo, en cambio, habría jurado que era

convertido en un largo, larguísimo hilo que se extendía a lo largo de los pasillos del laberinto.

¡Los pasillos parecían todos iguales!

mejor girar a la izquierda, pero cuando intenté volver sobre mis pasos no pude orientarme de nuevo.

¡Los pasillos parecían todos iguales!

—¡Por suerte tenemos el hilo!

Lo enrollamos en una gran madeja, volviendo sobre nuestros pasos. Al fin encontramos la salida, con un suspiro de alivio. DE REPENTE...

—¡Cric! ¡Croc!

Me sobresalté. ¿Estaba entrando alguien? Entonces suspiré de nuevo aliviado: era Trampita, que masticaba una papa frita. Pocos minutos después, sin embargo, oí de nuevo un crujido.

—¡CRIIIC! ¡CRIC..! ¡CRIIIC!

Mi primo me agitó bajo los bigotes la bolsa de papas fritas vacía.

—Yo ya me he acabado las papas —susurró.

¡Realmente alguien estaba abriendo el portón!

¡ESCUPE, CARAQUESO!

Nos escondimos tras una estantería.

Tea apagó la linterna.

—¡SILENCIO! ¡No hagan ruido!

La puerta crujió un poco más.

Sigiloso como un gato, alguien entró en la oscuridad total con ademán sospechoso.

El desconocido avanzó a tientas y entonces encendió una linterna para poder ver mejor.

Una sombra se proyectó contra la pared.

Trampita susurró:

—DÉJENMELO A MÍ.

De un salto, mi primo se ab**alanzó** contra el desconocido y lo agarró del rabo.

—¡Te caché, **CARAQUESO!** ¡Déjame ver quién eres!

Tea encendió la linterna y nos acercamos todos como un solo ratón.

—¡Sí, yo también quiero saber quién eres, especie de rata de **alcantarilla!** —gritó mi hermana apuntándole a la cara con la linterna.

La luz iluminó un hocico largo y afilado, unos bigotes blancos y uno lentes de armazón de oro.

Me quedé pasmado.

—¿El director? ¿El director del museo?

No podía creerlo...

Pincelón Pintor, al que Trampita aún tenía atrapado por el cuello, intentaba hablar gesticulando desesperadamente.

—¡Gggh... ggh... ghgghggghhh!

—¡Habla, caraqueso! *¡Escupe!* ¿Dónde están

tus cómplices? No finjas estar en las nubes… —gritaba Trampita, jalándolo de los bigotes para hacerlo confesar.

—¡Déjalo, Trampita!, creo que quiere decirnos algo.

Pincelón tragó saliva y farfulló:

—…cuadro …encargo… autorización…

—¿Qué qué qué?

—gritó Tea.

Él se buscó en el chaleco y sacó un papel lleno de sellos, que tendió a Tea.

«Con la presente, el Gran Consejo de la Ciudad de Ratonia encarga a **Pincelón Pintor**, director del Museo, indagar secretamente sobre la pintura escondida bajo el cuadro de la Mona Ratisa para revelar el MISTERIO.»

Cogí el papel, incrédulo.

—¿Qué? ¿El Gran Consejo?

Pincelón intentó explicarse.

Se aclaró la voz y aclaró:

—Cuando Frick Tapioca encontró otra pintura bajo la Mona Ratisa, comprendí rápidamente que era una noticia importantísima y secreta. Así, he recorrido Ratonia entera en busca de las once letras: ¡qué cansancio! Pero hasta esta noche no he entendido que la palabra clave era Labyrinthus…

Trampita refunfuñó:

—Humm, entonces ¿debo dejar libre a este tipo?

Pincelón se sacudió el polvo del chaleco y se acomodó las gafas en la nariz.

—¿Sabe que tiene unos buenos músculos, jovencito? —dijo, masajeándose el cuello.

Trampita aún no estaba convencido del todo.

...una viejecita con un cesto de manzanas...

...una viuda con velo...

...un gladiador romano...

—Pero ¿quiénes son los demás? —preguntó agitando un papel con los retratos de los once ratones sospechosos.

—La viuda, el payaso, el jugador de beisbol, el motociclista: ¿quiénes son y dónde están todos ellos?

Pincelón sonrió:

—No hay nadie más. ¡Era yo, sólo yo!

¿Quiénes son y dónde están todos ellos?

... un ratón con ridículos pantalones floreados, otro con camiseta de rayas...

Entonces abrió un maletín.

—Aquí están los falsos bigotes del motociclista, la peluca del payaso y también las gafas del estudiante: ¡lo he comprado todo en una **tienda de bromas**!

Trampita examinó el interior del maletín con aire de experto.

—**Humm...**

*...un payaso con
peluca...*   *...una ratoncita vestida
de Caperucita Roja...*   *...un tipo con
gabardina...*

Luego le pasó una pata por el hombro a Pincelón y soltó una carcajada:

—Ah, mañoso, ya sé dónde te abasteces: ¡en El Ratón Burlón, mi tienda preferida! ¡Choca esos cinco! ¡La próxima vez vamos juntos y verás como Ratino Risitas te hace una rebaja!

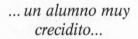

... *un alumno muy crecidito...*

... *un jugador de beisbol...*

... *un motociclista con casco...*

UNA HISTORIA DE BIGOTES

Ha pasado un mes desde que encontramos el Labyrinthus, pero a mí me parece un siglo: ¡cuántas cosas han ocurrido desde entonces! La inmensa biblioteca-laberinto, finalmente devuelta a su lugar, se ha convertido en un museo visitado cada día por miles de roedores.

Pero aún hay otra novedad, ¡una gran novedad! ¿Saben dónde me encuentro en estos momentos? En el foro de la película LA SONRISA DE MONA RATISA, dirigida por Von Rattoffen. El filme se basa en un libro. Un libro que he escrito yo, y que no ha tardado en convertirse en un bestseller; de hecho, ¡en un

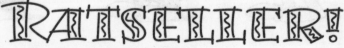

RATSELLER!

La película se basa en un libro que he escrito yo...

¡LE TENGO APRECIO A MI PELLEJO!

Ésta es una noche especial: hoy el museo nos concederá a mí, a Benjamín, a Tea y a Trampita el premio más prestigioso con el que todo ratón puede soñar: **LA CORTEZA DE ORO.**

¿Qué más se puede desear?

Soy feliz, superfeliz. ¡Esta noche no pude dormir de la emoción!

Ya estoy preparado para salir: desde hace casi dos horas paseo *nerviosamente* por la habitación.

Me he puesto el frac porque será una ceremonia SOLEMNE.

Oigo a Tea que me llama desde otra habitación.

—¡Geronimo, Geronimo! ¿Estás listo?

Suspiro. ¡Claro que estoy listo, estoy listo desde hace horas!

Mi hermana coge las llaves, abre la puerta, arranca el auto deportivo… **y parte**. ¡Sola!

Yo, en cambio, salgo de casa y me dirijo con calma hacia el metro.

Es hora pico, pero no importa.

¡Le tengo aprecio a mi pellejo!

¡Le tengo aprecio a mi pellejo!

ÍNDICE

Geronimo Stilton

Títulos de la serie

1. Mi nombre es Stilton, Geronimo Stilton
2. En busca de la maravilla perdida
3. El misterioso manuscrito de Nostrarratus
4. El castillo de Roca Tacaña
5. Un disparatado viaje a Ratikistán
6. La carrera más loca del mundo
7. La sonrisa de Mona Ratisa
8. El galeón de los gatos piratas

Próximos títulos de la serie

9. ¡Quita esas patas, caraqueso!
10. El misterio del tesoro desaparecido

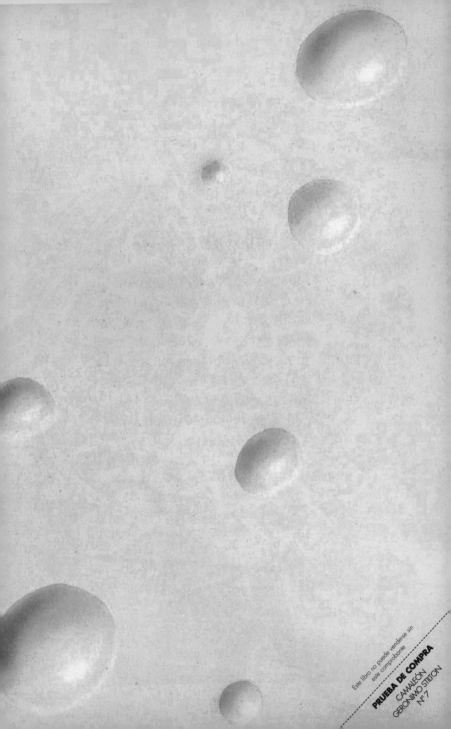

Ratonia, la Ciudad de los Ratones

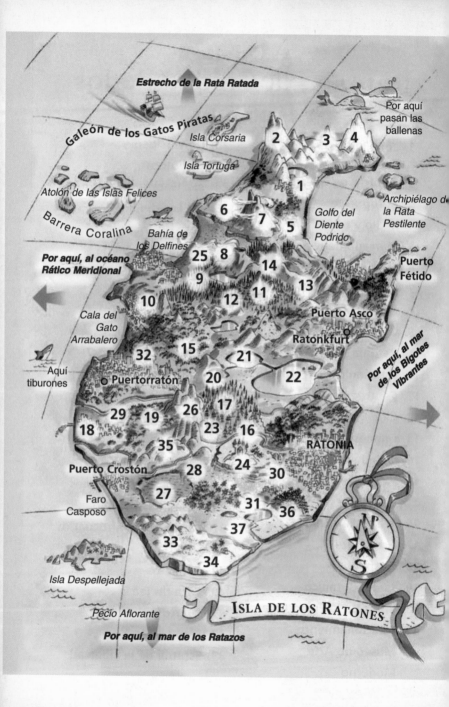

La Isla de los Ratones

1. Gran Lago Helado
2. Pico del Pelaje Helado
3. Pico Tremendoglaciarzote
4. Pico Quetecongelas
5. Ratikistán
6. Transratonia
7. Pico Vampiro
8. Volcán Ratífero
9. Lago Sulfuroso
10. Paso del Gatocansado
11. Pico Apestoso
12. Bosque Oscuro
13. Valle de los Vampiros Vanidosos
14. Pico Escalofrioso
15. Paso de la Línea de Sombra
16. Roca Tacaña
17. Parque Nacional para la Defensa de la Naturaleza
18. Las Ratoneras Marinas
19. Bosque de los Fósiles
20. Lago Lago
21. Lago Lagolago
22. Lago Lagolagolago
23. Roca Tapioca
24. Castillo Miaumiau
25. Valle de las Secuoyas Gigantes
26. Fuente Fundida
27. Ciénagas sulfurosas
28. Géiser
29. Valle de los Ratones
30. Valle de las Ratas
31. Pantano de los Mosquitos
32. Roca Cabrales
33. Desierto del Ráthara
34. Oasis del Camello Baboso
35. Cumbre Cumbrosa
36. Jungla Negra
37. Río Mosquito

Queridos amigos roedores,
hasta el próximo libro.
Otro libro padrísimo,
palabra de Stilton, de...

Geronimo Stilton